VENTE DU MERCREDI 18 MAI 1892

HÔTEL DROUOT, SALLE N° 4

À deux heures

SCULPTURES

Marbres, Bronzes, Terres cuites

ŒUVRES

DE

LEVASSEUR

HAUT-RELIEF DU XVII SIÈCLE SUR IVOIRE

TABLEAUX

ANCIENS ET MODERNES

COMMISSAIRE-PRISEUR

M° JULES PLAÇAIS

5, rue Hippolyte-Lebas, 5

EXPERT

M. A. BLOCHE

25, rue de Châteaudun, 25

EXPOSITION PUBLIQUE

Le Mardi 17 Mai 1892, de 1 heure 1/2 à 5 heures 1/2

CATALOGUE

DES

MARBRES, TERRES CUITES

BRONZES

Groupes — Statuettes — Bustes

ŒUVRES

DE

LEVASSEUR

Haut-relief sur ivoire du XVIIe siècle

TABLEAUX ANCIENS ET MODERNES

DE

Bouchot, Carrier-Belleuse, Danlou, Daubigny,
V. Dupré, Girodet, Lebrun, Luini, David Téniers,
Horace Vernet

Sept tableaux de Torrès de Marcillo

DONT LA VENTE AURA LIEU

HOTEL DROUOT, SALLE N° 4

Le Mercredi 18 Mai 1892

à 3 heures

Par le ministère de Mᵉ **JULES PLAÇAIS**, commissaire-priseur
6, rue Hippolyte-Lebas, 6

Assisté de **M. A. BLOCHE**, expert près la Cour d'appel
25, rue de Châteaudun, 25

EXPOSITION PUBLIQUE

Le Mardi 17 Mai 1892, de 1 heure 1/2 à 5 heures 1/2

CONDITIONS DE LA VENTE

Elle sera faite au comptant.

Les acquéreurs payeront, en sus des adjudications, *cinq pour cent*, applicables aux frais.

L'exposition mettant les acquéreurs à même de se rendre compte de l'état des objets, aucune réclamation ne sera admise une fois l'adjudication prononcée.

Paris. — Imp. de l'Art. D. Ménard et Cⁱᵉ, 41, rue de la Victoire.

DÉSIGNATION DES OBJETS

Œuvres de LEVASSEUR

MARBRES

1 — *Le Réveil du printemps.*

Grande statue en marbre.
Récompensée au Salon de 1888.

Haut., 1 m. 55 cent.

2 — *Le Nid.*

Statuette en marbre.

Haut., 74 cent.

BRONZES

3 — *L'Amour désarmé.*
Groupe.

Haut., 76 cent.

4 — *L'Écho champêtre.*
Groupe.

Haut., 70 cent.

5 — *Les Adieux.*
Groupe.

Haut., 75 cent.

6 — *Les Lilas.*
Statuette.

Haut., 70 cent.

7 — *Femme de France.*
Statuette.

Haut., 45 cent.

TERRES CUITES

8 — *L'Amour désarmé.*
Groupe.

Haut., 72 cent.

9 — *L'Écho champêtre.*
Groupe.

Haut., 67 cent.

10 — *Petite Famille.*
Groupe.

Haut., 58 cent.

11 — *Flagrant délit.*
Groupe.

Haut., 70 cent.

12 — *Surpris !*
Statuette.

Haut., 68 cent.

13 — *Oh ! le méchant.*
Statuette.

Haut., 58 cent.

14 — *Le Nid.*

    Statuette.

                    Haut., 70 cent

15 — *Colin-Maillard.*

    Groupe.

                    Haut., 62 cent

16 — *France au Tonkin.*

    Groupe.

                    Haut., 44 cent.

17 — *Au puits.*

    Statuette.

                    Haut., 49 cent.

18 — *A la ferme.*

    Statuette.

                    Haut., 54 cent.

19 — *Enfant porte-fleurs.*

    Statuette.

                    Haut., 52 cent.

20 — *Colombine.*

    Buste.

                    Haut., 22 cent.

21 — *Châtelaine.*

Buste.

Haut., 24 cent

22 — *La Musique.*

Bas-relief.

ÉTAINS

23 — Plat décoré d'une figure de nymphe au bain.

24 — Plat décoré d'une figure de Sapho.

25 — Bas-relief allégorie de la musique.

TABLEAUX

BOUCHOT
(FRANÇOIS)

26 — *Portrait de Mme de Machado.*

Représentée assise, tenant un petit chien sur ses genoux, en robe de bal de velours noir, corsage garni de dentelle blanche.

Signé à droite : FRANÇOIS BOUCHOT 1833.

Toile. Haut., 1 mètre; larg., 80 cent.

CARRIER-BELLEUSE
(LOUIS)

27 — *Cour intérieure d'une fabrique de filets.*

> Souvenir de Boulogne.
> Signé à droite.

> Toile. Haut., 55 cent.; larg., 70 cent.

DANLOU

28 — *Portrait de Caillot, artiste de l'Opéra-Comique.*

> Représenté en buste, presque de face, dans son rôle des *Rendez-vous bourgeois.*
> Beau portrait.
> Cadre bois sculpté et doré ancien.

> Toile ovale. Haut., 70 cent.; larg., 57 cent.

DAUBIGNY

29 — *Vue de Mantes-la-Jolie.*

> Signé et daté 1867.

> Haut., 52 cent.; larg., 72 cent.

DEMACHY

(Attribué à)

3o — *Cavalier faisant désaltérer son cheval à une fontaine.*

Toile. Haut., 52 cent.; larg., 43 cent.

DUPRÉ

31 — *Troupeau de moutons.*

Avec bergère et enfant en pleine campagne.
Signé à gauche.

Bois. Haut., 22 cent.; larg., 34 cent.

GIRODET

32 — *Pygmalion en extase devant sa Galatée.*

Vénus portée par un nuage vient poser la fleur symbolique sur le front de Galatée ; l'Amour qui suit la déesse décoche un trait. Près de la statue brûle l'encens

enivrant, la lyre, une coupe, une ai-
guière sont à ses pieds ; sur une table un
coffret, des bijoux et des vases précieux.
Signé : L. G. I. R.

Toile. Haut.. 35 cent.; larg.. 26 cent.

INNOCENTI

33 — *Les Hasards heureux de la chasse.*

Apparaissant à travers bois, suivi de
son chien, un jeune chasseur s'arrête
tout charmé à la vue de deux jeunes
femmes, l'une blonde, l'autre brune, presque nues près d'un ruisseau, prêtes à se
plonger dans l'onde. Dans leur surprise,
elles cachent du mieux qu'elles peuvent
leur nudité.

Gracieuse composition.
Signé à droite.

Bois. Haut., 54 cent.; larg., 62 cent.

LEBRUN

(Attribué à)

34 — *L'Enlèvement des Sabines*.

Composition de nombreuses figures. Groupement heureux, grande harmonie de coloris.

Toile. Haut., 95 cent.; larg., 1 m. 40 cent.

LEDOUX

(Mlle)

35 — *Jeune Fille à la rose*.

Représentée en buste, presque de face, costume coquet, expression d'un grand charme rappelant la physionomie de celle de Greuze, dont Mlle Ledoux fut l'élève.

Toile ovale. Haut., 50 cent.; larg., 42 cent.

LUINI

(Attribué à)

36 — *La Vierge et l'Enfant Jésus.*

Au milieu d'un paysage accidenté, avec châteaux à tourelles couronnant les hauteurs, la Sainte Vierge est assise, habillée d'une robe rouge avec un manteau vert légèrement ramené sur les épaules et les genoux, brodé d'or ainsi que la robe. Ses cheveux blonds ardents coiffés sur le front à bandeaux plats et aux extrémités relevés et nattés, la tête en partie enveloppée d'un turban violet et dominée par l'auréole. Elle tient son divin fils sur ses genoux, l'Enfant presque nu porte la main gauche sur le corsage de la Vierge et tient un oiseau dans la main droite. Il regarde de face.

Œuvre intéressante.

Bois. Haut., 46 cent.; larg., 37 cent.

RUBENS
(École de)

37 — *Scène de festin.*

Importante composition.

Toile. Haut., 2 m. 10 cent.; larg., 1 m. 66 cent.

TÉNIERS
(DAVID)

38 — *La Fête de village.*

Très importante composition de nombreuses figures, dans laquelle on retrouve l'esprit, l'art de groupement, le coloris et surtout l'animation qui caractérisent les œuvres de David Téniers.

Ce tableau fit partie de la galerie de S. A. R. Don Sébastien Gabriel de Bourbon, Bragance et Bourbon, et dans l'Inventaire de cette célèbre collection il était indiqué comme œuvre de David Téniers. Sous cette même attribution il fut catalogué dans la vente de la Galerie du Prince Pierre de Bourbon et Bourbon, duc de Durcal.

Bois. Haut., 1 m. 44 cent.; larg., 1 m. 81 cent.

TORRÈS DE MARCILLO[1]

39 — *L'Élégante Louis XV*.

Une jeune femme en robe de soie brochée dans une chambre à coucher des plus coquettes.
Signé.

Bois. Haut., 22 cent.; larg., 13 cent.

40 — *Propos galant*.

Scène d'intérieur rustique.
Composition de trois figures.
Signé à gauche.

Bois. Haut., 22 cent.; larg., 27 cent.

41 — *La Marchande de poisson*.

Composition de trois personnages.
Signé à droite.

Bois. Haut., 15 cent.; larg., 19 cent.

42 — *Les Pêcheuses*.

L'une, le panier sur la tête, l'autre occupée à remplir le sien de poissons.
Signé à droite.

Bois. Haut., 15 cent.; larg., 12 cent.

---

1. Toutes les œuvres de Torrès de Marcillo sont d'une finesse de touche remarquable.

43 — *Au cabaret.*

Charmante composition de cinq personnages.
Signé à gauche.

Bois. Haut., 20 cent.; larg., 14 cent.

44 — *Dans les chais.*

Joli tableau.
Signé à droite.

Bois. Haut., 21 cent.; larg., 16 cent.

45 — *A la ferme.*

Une paysanne pousse une brouette, l'autre entasse le fumier.
Signé à droite.

Bois. Haut., 18 cent.; larg., 13 cent.

VERNET

(HORACE)

46 — *Le Chevalier de Machado.*

A cheval, en général, avec pelisse de fourrure, monté sur un superbe cheval gris pommelé richement harnaché, allant

au pas, la tête tournée presque de face,
dans un paysage boisé au bord d'un lac.
Signé à droite : HORACE VERNET.
Daté *Paris, 1821.*

Toile. Haut., 1 mètre ; larg., 80 cent.

IVOIRE

47 — *La Plaie des serpents.*

Beau haut-relief, composition de nombreuses figures, attribué au commence-
ment du xviie siècle.
Cadre bois noir.

47 — Objets omis.

48 — Objets omis.

RED. :

16

www.ingramcontent.com/pod-product-compliance
Lightning Source LLC
LaVergne TN
LVHW021809060726
842528LV00003B/1235